此書獻給
每一隻在江湖走跳
賣力玩耍、認真睡覺的貓咪

作者

貓小姐

正業是文字工作者，不務正業時是畫貓人。

自幼結識許多貓朋狗友，喜歡用詼諧的手法開貓的玩笑。愛貓、愛狗、愛塗鴉。

畫貓的最大目的，是把全人類同化為愛貓人；畫貓的最大樂趣，是當你看到我的畫時，會噗哧一笑，會想走進畫裡，和貓咪共享溫柔時光。

家族具有誘拐貓的不良基因，最高紀錄八貓二狗共處一室。

總結多年養貓經驗與觀察心得，推出《說貓的壞話》、《貓咪購物台》、《貓咪使用手冊》、《浮世貓繪》（以上書籍皆售出多國版權）。

歡迎光臨臉書：「貓小姐 Ms.Cat」。

台灣貓日子

貓小姐 著

自序

走進貓咪的任意門

離開喧囂的大馬路，拐個彎進巷子，噪音瞬間隔絕，只聞家戶翻動鍋鏟的聲響。我來這裡尋找一種生物，一種行事低調、走路無聲、身形優雅的獨特生物。

除非與人類有特殊親密關係，他們很少出現在熙來攘往的街道覓食或散步。他們低調地生活在水泥巨獸環伺的城市，揀選被人類遺棄的木造舊房，有些塌了半邊，有的中間鏤空，多數只剩窗櫺，但那房子對他們來說，可是再高檔不過的花園洋房。

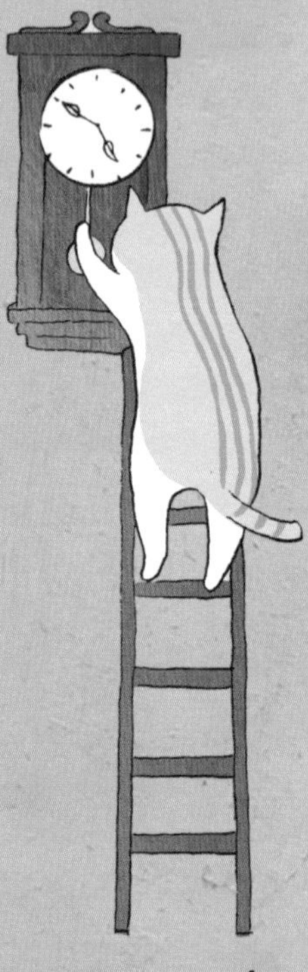

夏日，清風徐徐的屋簷下，躺著賴著，一整夜涼快得緊；冬天，被日光曝曬過的屋瓦，翻著滾著，前胸後背都可以暖暖烤上一圈。腐朽的木地板，人類走來吱嘎作響搖搖欲墜，卻可以輕鬆承載這群生物輕巧的步伐。這些老屋的後半輩子，儘管荒煙漫草、吃盡塵埃，

卻因為他們的陪伴，能繼續上半輩子的從容優雅。

這是我拐進巷子的原因，我來尋找一種能讓時光凝結的生命。如果幸運，我會看見他們踩著如模特兒般的一字步伐，從高牆悠悠走過；運氣差一些，我可能看見一小截尾巴、一小截耳朵，或是，連個影子都沒有。那些隱身在高牆後的祕密基地，從來不對外開放，我只能像個八卦雜誌的狗仔般，吃力踮高腳尖、舉高拿著相機的雙手，往圍牆內猛按快門，這種我稱之為「盲拍」的照片，多半時候都很「瞎」，但上天偶爾也會賞賜我一點意外的驚喜。例如，一陣盲拍過後，從液晶螢幕發現豪宅主人正在偌大的庭院曬太陽。

上一本《浮世貓繪》，我以日式老屋為出發點，營造了一個東洋風的貓咪世界。這一次，我把場景拉回台灣，走進巷弄，深入正港「台貓」的生活。我喜歡散步，尤其

愛往老舊街區尋趣，感受我未曾經歷的時代感，與那些被潮流遺忘的地方對望。而這些地方，貓咪特別多。不管是高度或構造材質，老建築對貓咪來說是溫柔友善的，可以從屋頂層層翻越，可以窩在美麗的窗花裡午睡，可以在窄到只容一貓通過的防火巷穿梭，上上下下，每隻貓有自己習慣的「貓道」，這些貓道像一個城市的網絡，串起每個街區貓咪的日常生活。

散步途中，貓咪出沒常帶給我驚喜，也可能是我打擾了他們，但我真喜歡偷窺他們的日常啊！在麵店偷了一顆滷蛋狂奔的貓；在暗巷專注盯著排水溝元神出竅的貓；在市場攤子和蔬果「堆」在一起的貓，這些充滿戲劇感的畫面，像一部每天重播卻總有新意的紀錄片，百看不厭。

尋貓的路上，我從看似雜亂無章的常民生

活中，學會欣賞台灣的庶民美學。與空間爭地，加蓋再加蓋的積木屋，不假修飾的裸露紅磚牆，層層堆疊的波浪板，伴著一棵熱情綻放的九重葛，垂落整個陽台的石蓮花，這時，一隻路過的貓，抹平一切的凌亂與不和諧。我忍不住讚嘆，這些房子，多麼適合貓呀，高高低低充滿縫隙，會不會是貓咪的任意門呢？

　這天，我縮小身子，長出肉墊與鬍子，尾隨一隻白腳黑貓，穿過破舊牆角的任意門。任意門的那頭，是一個不思議的空間，我在那裡過了兩年的貓日子，然後返回人間，畫下這一切。

目次

【輯一】貓職人

【輯二】貓一窩

【輯三】貓樂子

輯一 貓職人

春花電髮院

貓小姐　貓阿桑
都喜歡追趕時尚
春花電髮院
是她們每周報到的地方

長毛貓變化最多
可以剪短修圓燙捲捲
短毛貓小有變化
可以玩玩劉海抓造型

燙鬚服務最受歡迎
長鬚短鬚燙起來都有型
電棒捲一下
彈簧鬚蹦出來
走出理髮院
每一隻都是美魔貓

7月
3月
8月
春花電髮院
本店提供
燙髮服務
新式電棒燙

鐵板神貓

生而為貓　日子再快活
偶有不順遂的時候
算命一條街
是迷途貓咪的情緒出口

貓口直斷　玄機妙算
客人不必開口
貓半仙看臉就知
筆墨一揮　盡吐凡貓心事

鳥卦最受歡迎
那些鳥癡貓咪
把算命攤當遊樂園
每天來看神鳥小白
抽到吉籤或下籤
好像跟自己都無關

看肉墊　知靈魂
軟嫩貓掌　藏著幽微的祕密
寫著每隻貓咪的前世今生

玄機妙算
未喵先知
鳥卦
大吉
神鳥小白
看肉墊
指引迷途貓咪
喚醒久困靈魂
貓口直斷
風水吉凶
擇日測字
金錢龜掛
貓掌乾坤

挽毛師

細毛粗毛　長毛短毛
每天認真洗臉的貓
老是搞得一肚子毛

懶得洗臉的日子
腸胃不適的時候
就去街角找挽毛師代勞

貓師傅用兩條細棉繩
上下左右前前後後
俐落地刮齊梳整
糾結毛髮瞬間飛揚
陽光之下閃亮亮

毛髮太豐盛的
挽毛師提供除毛服務
臉上有不雅斑點的
也能淡化去除

代代相傳的挽毛師
是無可取代的貓界國寶

中葯材
恭喜發財
平價安全
拔鬚 50
點痣 50
挽毛 100
挽毛

喵喵叫國術館

生而為貓　身體軟Q
但飛天遁地久了
總有筋骨痠痛的苦惱

跳躍踩空　狂飆過度
緊盯獵物　搖頭晃腦
逗貓棒玩到手抽筋
看小鳥看到脖子硬

有些貓　還有基因遺傳的煩惱
歪曲僵硬的小短尾
怎麼甩都卡卡的
專業整復師
提供麒麟尾校正
讓小短尾也能抬頭挺胸甩尾

病人多的時候
整個國術館喵喵叫
鄰居都受不了

藥師東敲西磨　遞上一帖膏藥
他說　保證你一周後
又是一條生龍好貓

祖傳祕方
疲 麻 抽 痛
喵喵叫國術館
跌 打 損 傷
接骨 推
神貓再世
專業整復
麒麟尾校正
手腳不協調
歪頭症
祖傳祕方

不準時鐘錶行

懶散的貓咪
最討厭守時

睡要睡到自然醒
約會吃飯好隨興
早來晚到隨便你
開店關門看心情

貓咪鐘錶行
專門提供不準時服務
每個時鐘都有任性裝置
指針要快能快　想慢就慢
一錶在手
約會保證早來
上班鐵定遲到

擁有一個不準時的鐘
貓生從此放輕鬆

愛其貓錶
不準時鐘錶行
Meowlex
貓力士
老闆在睡
隨便賣
修理部
Meowlex

永恆照相館

鎮上的老照相館
背景換來換去　總是那幾張
貓咪全家福
今年去了日本富士山
兩三年後
就到了椰影搖曳的南洋

燈光調暗　心跳加快
在那百分之一秒的瞬間
屏氣凝神　不敢眨眼
盯著鏡頭裡
那只攝人魂魄的妖怪

簾幕背後的暗房
一排排照片正在顯像
照片中的貓咪會老去
相紙會泛黃
照相館卻取名永恆

愛　一旦被海馬迴記憶
就有了永恆存在的意義

永恆照相館

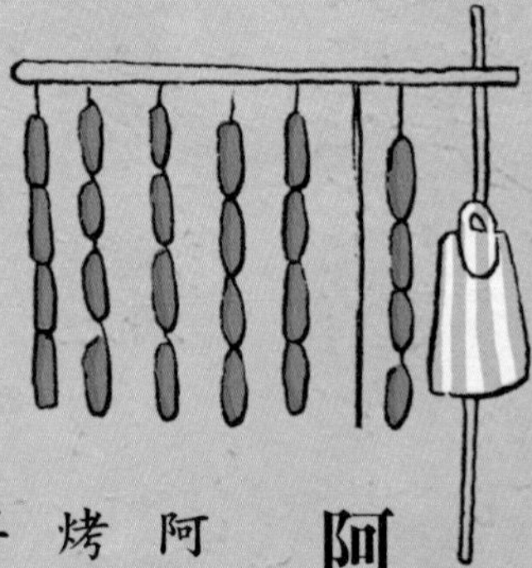

阿貓師布袋戲

阿貓師要來的那個下午
烤香腸的老闆最清楚
早早把炭火生了
等著看戲貓兒拎著板凳上門

阿貓師博學多聞
演出的歷史戲碼　設計的口白
都藏著扎實深厚的學問
可惜好奇的貓咪
更迷戀神祕的後台
爬牆偷窺　翻上戲台
非得看個明白

好戲正精彩
配樂火力全開
肉腳學徒演到興奮處
貓腳貓頭頻頻露出

台上　刀光劍影打得火熱
台下　燒酒螺吸得嘖嘖作響
這是一場各忙各的歡樂盛宴

阿貓師布袋戲
醃芭樂
燒酒

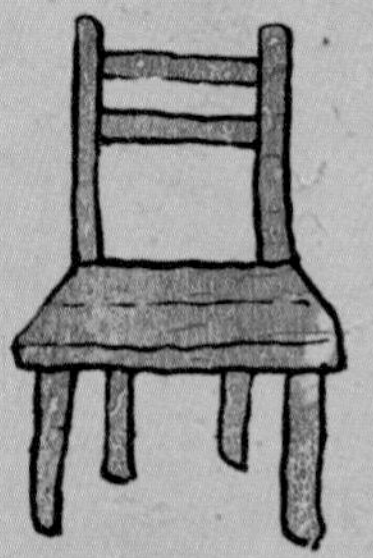

貓郵差

叭叭叭　汪汪汪
不必按鈴
大家都知道貓郵差來了

當貓郵差要有過人的膽識
除了考駕照　考認路
最困難的一關
是通過「被狗追」特考

貓郵差的工作
是一場幸福接力
一封信從南方山村投遞
一路傳遞到北海岸的小村落
展信之際
還能感覺貓腳印的溫度
還有寄件貓寫信時
山嵐穿過的沁涼氣息

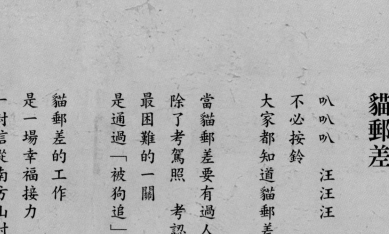

貓

家庭洋裁

轉角小木屋
有一部老裁縫機
每天在同一時間上工

帶著銹味的輸送帶
一圈圈繞著
貓哥哥的學號
貓妹妹過長的百褶裙
貓爸爸太緊的西裝褲
都在這裡重新改造

噠噠噠噠　噠噠噠噠
貓老闆赤足踩出
一種令人安心的旋律

架上一字排開的彩色棉線
在數十個年月裡
在百千個客人中
總能找到與它速配的物件
重新縫補出另一個春天

繡學號

輯二
貓一窩

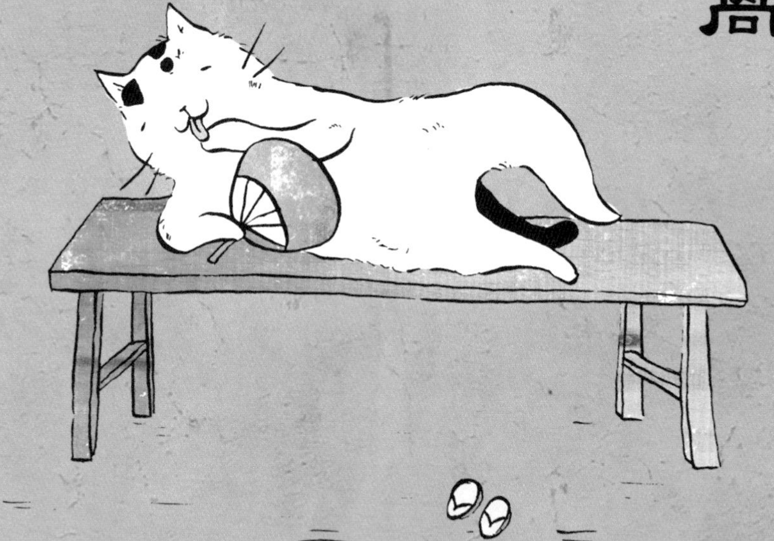

今天，也是美好的一天

風和日麗的早晨
賴床的小貓都被喚醒
曬棉被　擦門窗
發發呆　曬太陽
毛髮吸附陽光的氣味
蓬鬆柔軟

這棟古老洋房
有美麗的窗花
有寬敞的露台
跨過矮牆
就可以到鄰家撒野偷窺

散步的蝸牛悠然滑過
紙飛機就要展開旅程
棉被在晨風中翻飛
四隻小貓排排站

今天
也是美好的一天

春
恭喜發財

百年樹屋

房子蓋好的時候
樹還是一棵小種籽
住在麻雀的肚子

有一天麻雀飛過
種籽降落
在屋子的後院
他們變成朋友

屋子不會長大
樹的生命無窮
當樹冠層疊延展
貓有了夏涼
當樹根漫過屋頂
貓有了遊戲場

命中注定的相遇
守護每個世代的貓咪
一起長大　一起變老

夏天吃瓜

曬過陽光的木地板　有點燙
吹著風扇的貓屁股　有點涼

仲夏午後　風鈴輕響
毛尖有理不完的熱氣
連鬍鬚　都毛躁捲曲

七手八腳
滾出廚房的大西瓜
一刀切下　微驅暑氣
舌尖淺嚐　有點涼意
大口咬下　毛孔開啟
汁液橫流　涼快到底

密密麻麻的西瓜籽
小心翼翼　不能吞進去
就怕它發了芽　開了花
明年夏天
肚裡長出一顆大西瓜

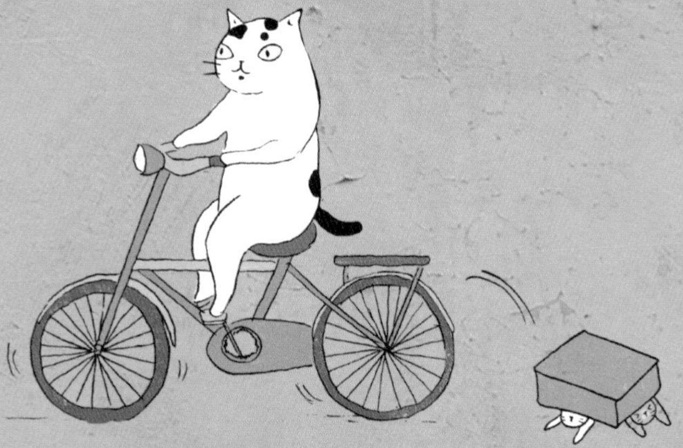

無聊的樂趣

叮咚！請讓讓！
白貓媽媽騎著腳踏車
載三隻小貓出門蹓躂

死小孩！討打！
灰貓媽媽揮舞鏟子扯破嗓門
牆上作畫的小貓
老神在在沒在怕

貓哥哥拿著鏟子
在花盆裡拚命挖啊挖
哈囉　小綠蟲
原來你還沒搬家

貓大嬸去市場買菜
遇上玩累的鄰居小貓
菜籃成了便車

看似無趣的貓日子
貓兒們
倒是過得津津有味

Animals

瓜棚下

板凳搭涼椅
絲瓜配竹扇
屋裡悶著熱著
就往後院尋涼快去

瓜棚底下
可以懶洋洋不說話
一陣風兒吹過
毛髮和綠葉一起摩挲

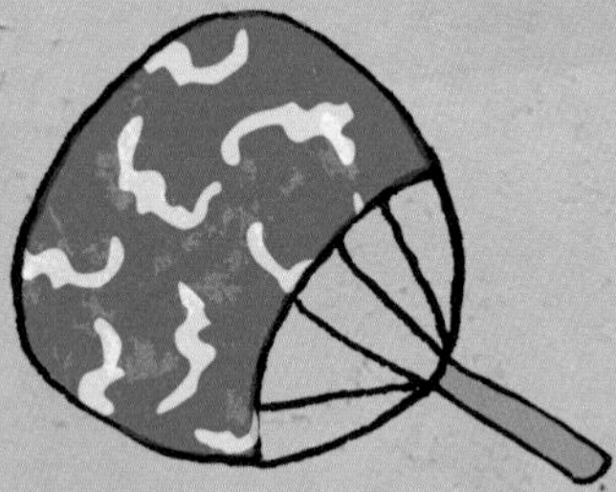

瓜棚底下
可以手牽手找樂趣
看挖洞的蚯蚓
找迷路的菜蟲

瓜棚下的一方小天地
隔絕了豔夏暑氣
寫滿屬於夏天的記憶

誰家廚房飄香

空地小貓遊樂場空蕩蕩
夕陽照在回家的路上
誰家廚房飄香
一路聞著媽媽的味道
就不會走錯房

灶上的蒸籠跳起舞
鍋中的魚湯吹泡泡
桌面的飯菜熱騰騰
等不及
桌底下已經有貓開動

米滿缸　菜滿簍
魚豐收　貓肥滿
舉筷舉碗　慶祝
柴米油鹽的幸福日常．

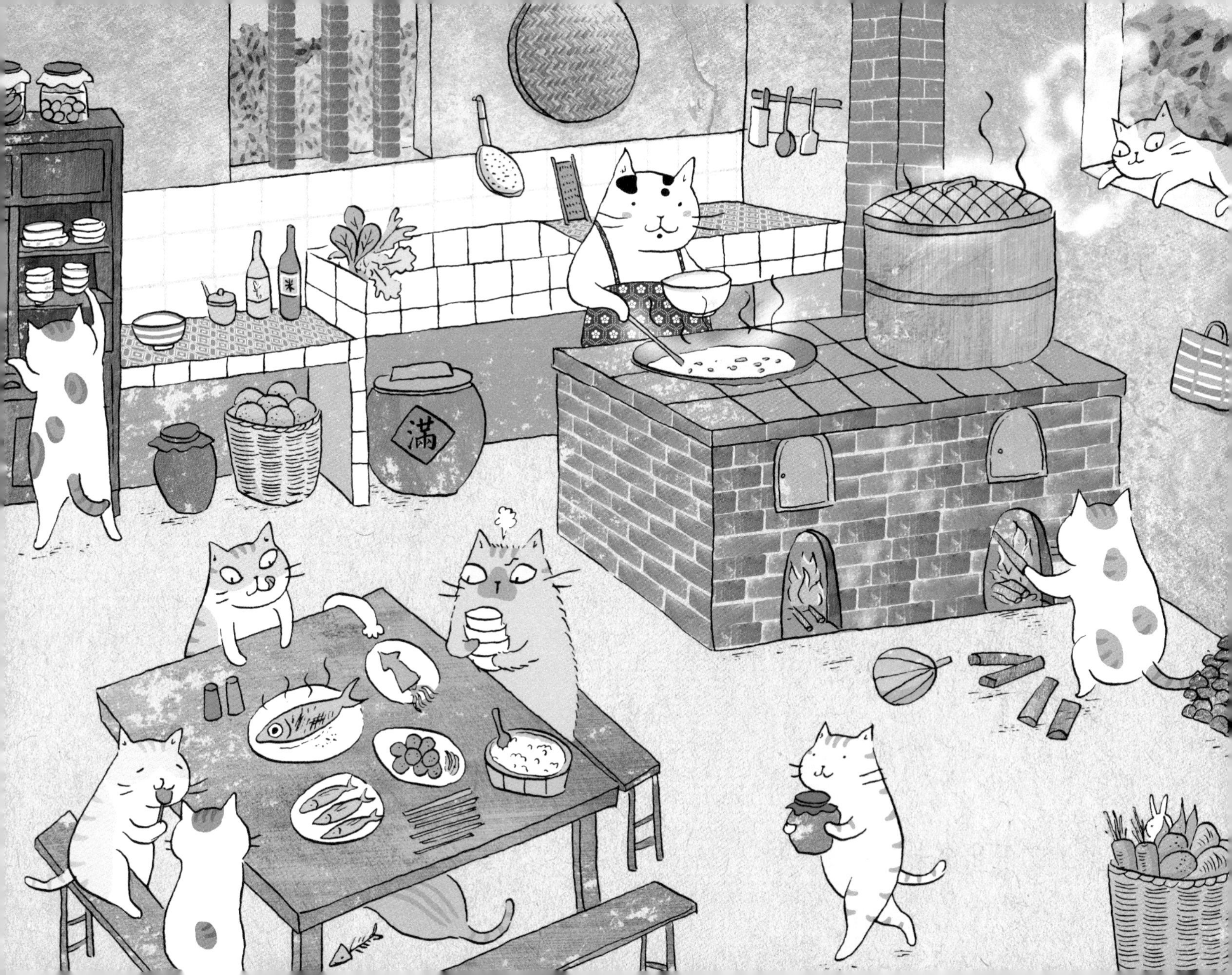
滿

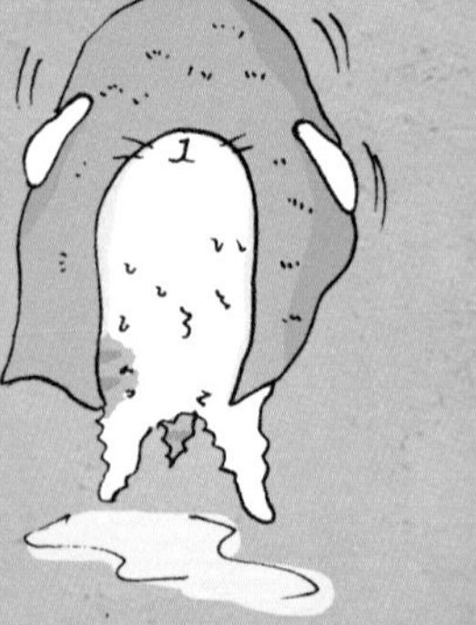

洗澎澎

龍頭嘩啦啦
熱氣白茫茫
磁磚在冒汗
冬天的浴室
是貓咪的暖房

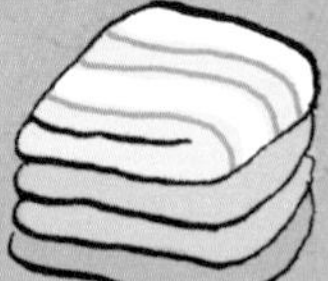

不愛洗澡的小貓咪
都自動報到
被冷風吹得冰冰的腳掌
在水面下划呀划
像隻剛下水的小青蛙

大貓咪已經學會享受
靠著浴缸半瞇著眼
沉浸冬日獨有的溫暖時光

窗簾總是刻意半開
給鄰居的小貓偷看
他們期待著
被邀請入屋
參與一場浴室趴踢

貓一家的晚餐

蒸氣摩挲著鍋蓋
鏗鏘作響
日月年歲
清晨黃昏
烹魚的氣味
沁入木造廚房的肌理
像陳年魚乾
搭配著貓一家的晚餐

入秋的黃昏
點一盞溫柔的燈
等待和饑餓催化著美味
飯煮好了　魚起鍋了
香氣蒸騰
卻還有貓睡著夢著呢

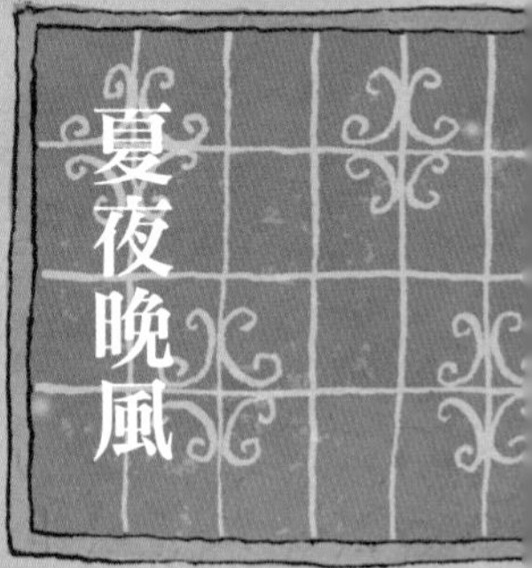

夏夜晚風

黃昏之後　夜幕滑落
曬過太陽的棉被來不及收
不如就繼續親吻月光

小茶几已經備妥
夜很長　話更多
不管黑貓白貓經過
留下來聊兩句再走

屋頂上有風穿過
星空中誰在探頭
分不清
是貓晶亮的瞳孔
還是來自宇宙的回應

在同一片夜空下
貓兒數著星星
數到第一百的時候
你會看見
有誰偷偷眨了一下眼睛

潤屋肥貓
戶納東西南北罐
門迎春夏秋冬魚
福

輯三 貓樂子

轉角有一間小木屋
住著每隻貓咪的童年

打開透明罐子　裡頭就是天堂
撕開方形紙張　開心也有失望

冰箱裡的玻璃瓶
藏著夏天沁涼的祕密

還有一種神奇的機器
投入一塊錢　轉一圈
就會掉下甜蜜的願望

老闆娘勤快幹練
盯著每個鬼祟小客人
老闆通常是個懶鬼
在長板凳上翹腳納涼

長大後的小貓咪
心底都藏著一個長不大的地方
那個地方
開了一間柑仔店

省灣臺
局賣公酒菸
酒菸
商售零
63282
貓王
貓王
貓王
貓王
貓王
TUNA
Bon Bon
Bon Bon
P.P.

喵國大戲院

在一間黑漆漆的房子裡
貓咪排排坐
後面有小貓哭鬧
腳邊有老鼠跑過

一束亮光從頭頂畫過
一群貓咪著了魔
一起哭　一起笑
一起罵　一起呼嚕嚕

當燈光亮起
有眼淚　有鼻涕　有口水
還有滿地的食物碎屑

這個暗黑的房子
提供一個作夢的場域
獻給每隻愛作夢的貓咪

今日放映
喵國大戲院
第一場 上午10:30
第二場 下午14:30
第三場 晚上07:00
敬老票 10元
仔貓票 15元
成貓票 30元
售票口
售票口
彩色銀幕
近期放映
舊情咪咪
導演 徐貓
製片 王咪
主演 阿咪 小白花 布布 捲捲 花花 麵麵
友情客串 QMI
世紀愛情 悲劇巨作
雲州大儒俠
史貓文
最賺人熱淚的小貓咪
貓貓知

花貓冰果室

刨冰機刷刷刷刷
工作一整個夏天
刨過的冰有一整座冰山那麼大

這座冰山最後在
每對情人的愛戀裡
每隻小貓的童年裡
每段下課鬼混的歲月裡
融化

糖水是甜蜜
煉奶是濃郁
紅豆綠豆花花綠綠的配料
是冰山裡的寶
挖啊挖
愈深入　愈神祕

當冰山消失　當寶藏殆盡
每隻貓的肚子、嘴角
幸福滿溢

花貓冰果室
八寶冰 10
四果冰 10
蜜豆冰 10
紅豆牛乳冰 12
花生牛乳冰 12
情人果冰 12
水果切盤 15
西瓜切盤 15
綜合果汁 15
柳丁原汁 15
牛乳木瓜汁 15
檸檬冰 8
紅茶冰 8
冬瓜茶 8
6
7月
12月
MILK
吉利果
蜜豆冰
木瓜牛奶

黑貓大旅社

月黑風高
黑貓大旅社的客人
忙著CHECK OUT
有貓眼神炯炯
有貓還沒睡飽

小強旺季的時候
旅社空房很少
美其名是來休息睡覺
更期待的是小強抓到飽

乒乒乓乓　瘋狂異常
天花板破了洞
木地板開了花
退房的時候
每個房間都像著了盜

黑貓大旅社
是每隻貓咪的心頭好

黑貓大旅社
歡迎光臨

路邊一棵榕樹下

榕樹很老很老了
老到忘了看過幾個世代的貓咪

樹下的貓咪
沒有一天不吵架
誰輸誰贏誰多嘴
誰笨誰呆誰聰明
從來沒有分出高下

貓的青春
貓的皺紋
貓的喜樂
老榕樹都幫他們記住了
在每一片葉子上
在每一圈年輪裡

火車便當

搭火車　有時不是為了去遠方
而是為了吃便當
旅行的氣味
讓食物變得美味
規律搖晃的節奏
舒坦地昏昏欲睡

便當　便當　好吃的鮮魚便當
運氣好的話
遇上運送鮮魚的老闆
火車便當立刻升級成沙西米

有些貓自備行李箱
打開來　就是舒適的臥鋪
一家大小　都可以擠進去

鐵軌沿著海濱前行
海水正藍　陽光正美
目的地還遠著呢
貓打了個呵欠
決定再好好睡上一覺

喵報

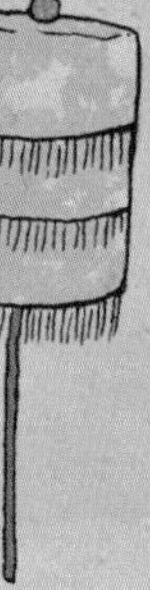

三月瘋貓祖

黑面貓祖廟
是貓村居民的信仰中心
每年三月　貓祖出巡
大批貓祖志工出列
抬轎的抬轎
敲鑼的敲鑼
跳舞的跳舞
扮演蚌殼精是最搶手的選項

貓咪很難守秩序
隊伍總是一團亂
誰該前誰該後誰也記不住
還有貓走著走著
就在路邊樹下睡著了

不管是懶貓傻貓壞脾氣貓
黑面貓祖庇佑每一隻貓咪子民
金山魚山吃不完
睡睡平安又健康

衣食飽暖
貓貓平安

熱炒100

天色漸暗
快炒店燈籠盞盞亮
鐵鍋鏟子翻炒不停
酒瓶杯子鏗鏘作響
喵聲喵語愈夜愈瘋狂

魷魚來兩管
鮮蝦燙幾尾
章魚切一份
有菜好吃有酒好聊
醉言醉語趁今宵

腦昏昏　眼茫茫
臉紅紅　搖晃晃
不想杯底養金魚
咕嚕咕嚕
把他們都喝到肚裡去

現撈活海鮮100
烤章魚
三杯中卷
炒蛤仔
蚵仔湯
生魚片
今日特價
25

從你的屋頂路過

在城市還看得見屋頂的年代
傾斜四十五度
是貓咪仰望天空的幸福角度

冬日陽光
把屋瓦曬得發燙
前胸後背滾一圈
短毛貓身體烘軟了
橘子貓毛色烤勻了

春夏細雨霏霏
屋檐下的縫隙
是舒適的觀雨亭
等待雲走　等著放晴

軟綿的肉墊　從屋頂路過
輕盈的身軀　不會踩壞美夢

屋頂的飛行俠
偶爾失速滑跤
那都是　鐵皮加蓋的關係

輯四
貓日子

菜市場

黃昏時刻
貓都睡飽了
市場喵聲鼎沸
喊著巴豆夭

魚老闆邊賣邊吃
有大半魚貨
進了自己的肚子

菜老闆把擺攤當藝術
蔬果堆疊配色
每個攤子都是風景

貓大嬸扛著扁擔吆喝
竹簍一路搖晃晃
這頭賣橘子　那頭當搖籃

貓小農自產自銷
蔬果瘦小但保證沒農藥
小貓咪一堆五十順便賣你
把客人嚇得不要不要

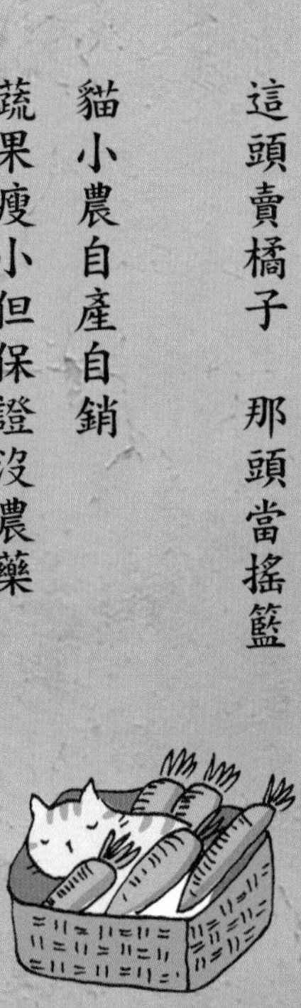

今日菜價
馬鈴薯 20/斤
胡蘿蔔 17/斤
包心菜 22/斤
海港直送
一堆50元

烤魷魚

黑面貓老闆出現的時候
就像黑面貓祖出巡
信徒從四面八方湧出

垂掛的大魷魚乾
觸鬚搖擺　沿路召喚
烤爐吱吱作響
火舌搖曳生香

魷魚攤祖傳三代
每一代老闆
都有一張燻得黑黑的臉蛋
湊近一聞　還有濃濃的海味

魷魚頭　魷魚片　魷魚腳
或硬或軟或有勁
滿足不同的磨牙口感
「再來一片！」
「再來一條！」
黑面老闆
今天又忙得沒時間吃飯

老闆來碗陽春麵

附著陳年污垢的小麵攤
一整天　爐火不息

兜兜兜兜　刀在砧板上剁著小菜
咕嘟咕嘟　麵在滾水沸騰中膨脹
咕嚕咕嚕　胃在美味節律中翻滾

豆乾海帶切一盤
滷蛋兩顆切對半
陽春麵蔥花多一點
切仔麵不要豆芽菜

數十年　老闆容顏依舊
用青春煮著麵條
用歲月滷著肉燥
客人迷戀的
是簡單平凡的味道

充滿情味的小麵攤
在每個巷弄
在每個街角

麵
各式小菜
餛飩湯 10
貢丸湯 10
豬肝湯 10
乾拌麵 10
豬油麵 10
切仔麵 15
餛飩麵 15
陽春麵 8
白貓
花露水

採茶貓咪

戴上斗笠　穿起花花衫
背起竹簍
採茶貓咪要上山

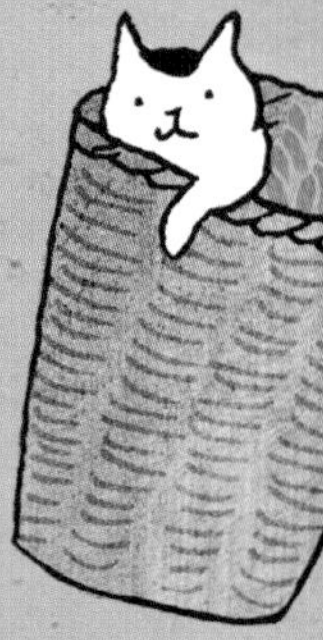

翠綠茶山
瞬間開出繽紛小碎花
從頭巾到手套
好像一場服裝大賽

竹簍裡的小貓
聞著茶香長大
毛髮沾滿清新的香氣
茶葉是柔軟的床
也是最有滋味的奶嘴

搖啊搖　晃啊晃
小貓咪長大後
也會是一隻優秀的採茶貓

農家樂

秋天的庭院
堆起金黃色小山
粒粒紮實飽滿
是貓農夫的驕傲

曬得焦香的穀粒
大雞小雞搶著嚐鮮
誰也不想錯過
吃到飽的豐收盛宴

稻穀在竹篩跳上跳下
沙沙沙沙　金黃耀眼
宣告穀倉滿載
將是豐盈的一年

農家貓咪的生活
春耕　夏耘　秋收　冬藏
年復一年
守著靜好歲月

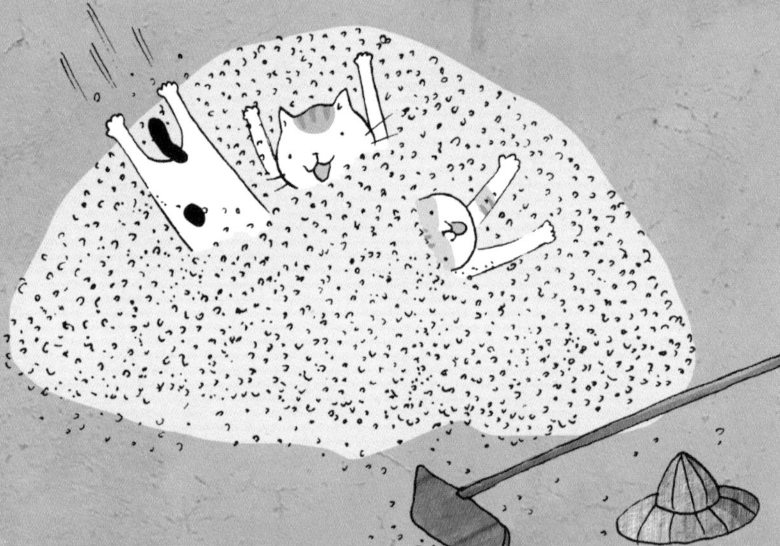

日日美好
四季平安原是福
一堂和煦便成春
滿

面壁吃飯

曲曲折折的巷弄
沿著灰泥牆
釘上一條長長的木桌
稀稀落落幾張板凳
迎來幾個貓屁股就座

紙張堆疊黏糊的牆壁
從來不寂寞
正貓百貨有什麼好貨
哪裡的貓房正在招租
陳年發黃的海報
說的都是過期的新鮮事

偶有幾段貓生小語
殷殷勸誡
期待在一頓飯的時間
有貓頓然醒悟

各式小菜
蛋花湯8元
貢丸湯10元
魯肉飯12元
乾麵8元
陽春麵8元
莫生氣
人生就像一場戲，因為有緣才相聚。
相扶到老不容易，是否更該去珍惜。
為了小事發脾氣，回頭想想又何必。
別人生氣我不氣，氣出病來無人替。
我若氣死誰如意，況且傷神又費力。
鄰居親朋不要比，兒孫瑣事由他去。
吃苦享樂在一起，神仙羨慕好伴侶。
租
貓鼻師海產
不好吃不用錢
書包
皮鞋
帽子
甜蜜蜜
鳳梨汁
貓貓牌 高級自行車
飯友
正貓百貨

機車五貼

機車吐著黑煙
轟隆隆經過水田邊
貓農夫忙著插秧
春天的氣味正新鮮

貓爸爸載著一家五口
要到隔壁村落找外婆
貓貓抱貓貓　前胸貼後背
後面還有空位
留給下一輪的小寶寶

田埂小路又窄又崎嶇
機車跳上跳下
貓屁股不斷彈起

抱緊囉
貓爸爸大喊
他又完美地越過一個坑洞
沒掉進水田裡

貓咪學堂

起立敬禮老師好
幼幼班到六年級
上課都在同一梯
從七點學生到校起
整個課堂擠滿喵喵轟炸機

第一堂上的是貓語
教的是如何用不同發聲
傳達最精確的訊息
貓老師精通多國貓語
開口一喵就能精確傳達語意

可惜貓學生對學習漫不經心
打架的打架　吃飯的吃飯
畫圖的畫圖　度咕的度咕
經常上課不到十分鐘
罰站的貓咪已貼滿牆壁

吃
飽
睡
足
專心學習
不掉飯粒
不亂出爪
不打瞌睡
貓語

畢業典禮

親愛的貓咪
恭喜你們從人間貓咪學院畢業了
接下來要繼續到空中貓咪學院深造

你們每一隻都是模範貓咪
認真玩耍睡覺
盡情享受貓生
兩位拿到獎狀的
努力增產報國
讓這個學校貓口興旺
充滿歡樂

空中貓咪學院
會有更優秀的貓奴陪伴你們
請繼續用你們聰明的小腦袋
柔軟的小肉球
在另一個世界
快樂地奔跑
盡情地睡覺

致　我親愛的天使貓兒

台灣貓日子

作　　者　貓小姐（臉書：「貓小姐 Ms.Cat」）
封面題字　杜玉佩
選書責編　謝宜英
編輯協力　張瑞芳、陳昱甄
校　　對　王郁婷、謝宜英
美術設計　吳文綺 / wen6789@gmail.com
行銷業務　鄭詠文、陳昱甄
總 編 輯　謝宜英
出 版 者　貓頭鷹出版
發 行 人　涂玉雲
發　　行　英屬蓋曼群島商家庭傳媒股份有限公司城邦分公司
104 台北市中山區民生東路二段 141 號 11 樓
城邦讀書花園：www.cite.com.tw
購書服務信箱：service@readingclub.com.tw
購書服務專線：02-25007718～9；24 小時傳眞專線：02-25001990～1
香港發行所　電話：852-28778606 / 傳眞：852-25789337
馬新發行所　電話：603-90563833 / 傳眞：603-90576622
印　　製　中原造像股份有限公司
初　　版　2018 年 6 月　初版七刷 2023 年 10 月
定　　價　新台幣 375 元 / 港幣 125 元
ISBN 978-986-262-350-3

讀者意見信箱　owl@cph.com.tw
投稿信箱 owl.book@gmail.com
貓頭鷹知識網　http://www.owls.tw
貓頭鷹臉書 facebook.com/owlpublishing/
【大量採購，請洽專線】(02)2500-1919

Animals

國家圖書館出版品預行編目 (CIP) 資料

台灣貓日子 / 貓小姐著 . -- 初版 . -- 臺北市 : 貓頭鷹出版 : 家庭傳媒城邦分公司發行 , 2018.06

面； 公分

ISBN 978-986-262-350-3(精裝)

855 107006013